Inès en Okcitanio

Aliaj verkoj de la aŭtoro:

http://verkoj.com/verkistoj/laure-patas-dilliers/

*Sur bluaj planedoj. Sciencfikciaj noveloj.*  Espéranto-France, 2021

# Inès en Okcitanio

## Legaĵo por progresantoj

Laure Patas d'Illiers

Espéranto France

Inès en Okcitanio
Legaĵo por progresantoj
Originale verkita en esperanto de Laure Patas d'Illiers
Ilustrita de la aŭtoro
Agnoskita de Franca Esperanta Instituto
Reviziintoj: Said Baluĉi, Renée Triolle, Emmanuelle Richard
Ĉiuj roluloj kaj eventoj estas imagitaj, ĉiuj lokoj estas realaj
La vortoj troveblas en PIV aŭ ReVo

Eldonita de Espéranto-France
Presita de lulu.com
Leĝa depono: oktobro 2023



ISBN : 978-2-494261-02-0
Dépôt légal : octobre 2023
Espéranto France
4 bis rue de la Cerisaie
75004 Paris
France
https://esperanto-france.org/

# Enhavo

# Montpeliero

Inès [ines] eliras el la trajno kun la fluo de vojaĝantoj. Ŝi serĉas ĉirkaŭe, esperante ke ŝia onklo ĉeestas kaj bonvenigos ŝin. Neniu. Verŝajne li ne povis veni pro sia laboro. Inès bezonas mem trovi sian vojon. En la stacidomo videblas granda mapo de la urbo. Montpeliero estas vasta, tamen bonŝance ŝi konstatas ke ŝia onklo ne loĝas malproksime de la stacidomo.

Inès paŝas sur la stratoj tirante sian rulvalizon. La domoj estas altaj, belaj, konstruitaj per blankaj ŝtonoj. La balkonoj havas balustradojn el nigra metalo kun ornamaĵoj. Montpeliero aspektas multe pli riĉa ol ŝia vilaĝo.

Inès naskiĝis kaj kreskis en Kaboverdo, insulo en Atlantiko apud Afriko. Nun ŝi estas deknaŭjaraĝa kaj venas en Francion por studi. Ŝia onklo Paulo, pli juna frato de ŝia patro, delonge vivas en Montpeliero kaj gastigos ŝin dum la tuta studado.

Inès atingas la adreson donitan de sia patro. Tie staras domo, kiu enhavas teretaĝon kaj unuan etaĝon. Ŝi sonorigas. Nekonata virino malfermas la pordon. La virino estas blankhaŭta, sed ŝia onklo Paulo estas nigrahaŭta kiel ankaŭ estas la tuta familio. Inès ektimas. Ĉu la onklo transloĝiĝis aliloken? Se ŝi ne trovas lin, kio okazos al ŝi?

"Ĉu vi estas la nevino?" malvarme demandas la nekonatino.

"Be... Jes, mi estas Inès, nevino de Paulo Lopes... Mi venas..." Inès balbutas.

"Nu, eniru do. Por tion fari vi ja venis. Via dormoĉambro estas sur la unua etaĝo, ĝi estas la dua ĉambro dekstre."

Inès paŝas preter la virino. Suprenirante la ŝtuparon, ŝi sentas ke la malmilda rigardo de la virino sekvas ŝin.

Inès eniras la indikitan ĉambron. Ĝi estas komforta dormoĉambro. La muroj estas tegitaj de tapeto kun larĝaj strioj alterne flavaj kaj oranĝkoloraj. La mebloj estas blankaj. La litkovrilo estas helbruna. Estas labortablo, kie ŝi studos. Trans la fenestro, videblas la foliaro de arbo. Inès instaliĝas. Per sia telefono, ŝi sendas mallongan mesaĝon por informi siajn gepatrojn ke ŝi alvenis ĉe onklo Paulo. Ŝi ne aldonas detalojn.

Je la oka posttagmeze, Inès aŭdas viran voĉon el la teretaĝo, kiu vokas ŝin. Malsupre atendas ridetanta viro. Li iomete similas al Paĉjo. Sen ia dubo, jen onklo Paulo. Li rapide kisas ŝin kaj gvidas ŝin al manĝoĉambro.

"Bonvenon Inès! Mi ne povis iri al la stacidomo, sed je via aĝo oni elturniĝu, ha ha! La tuta familio bone fartas, ĉu ne? De ĉirkaŭ dudek kvin jaroj mi forlasis Kaboverdon. Neniam mi revenis. Pro mia laboro mi havas malsufiĉe da tempo. Mi ĉiam kuras, tiel estas negoco! Miaj aferoj prosperas. Mi nun havas du butikojn, baldaŭ trian. Ĉu vi vizitis mian domon? Ĝi kostis multe sed ĝi valoras la prezon. Estas sufiĉe da spaco por gastoj, ha ha."

Sur la tablo estas tri manĝilaroj. La virino kiu malfermis la pordon ĉeestas. Ŝi metas pladon meze de la tablon.

"Inès, vi jam konatiĝis kun Céline [selin], ĉu ne? Ha, eble mi forgesis informi mian fraton ke mi eksedziĝis. Tio okazis, hm, antaŭ tri jaroj, nekredeble! Kiel rapide pasas la tempo. Mia unua edzino estis ankaŭ kompaniano en nia unua magazeno. Kiam ni disiĝis, ŝi vendis al mi sian parton kaj foriris al vilaĝo, centon da kilometroj norde de Montpeliero, kie ŝi kreis propran vendejon. Céline kaj mi geedziĝis antaŭ kvar monatoj. Mi ne invitis la familion al la edziĝo, vi tro malproksimas, ĉu ne? Kompreneble, distanco malfortigas rilatojn."

Dum la vespermanĝo, onklo Paulo senĉese parolas. Inès aŭskultas, iomete konfuzita pro la impeta fluo de novaj informoj.

"Mi ekkonis Céline ĉar ŝi estis mia kuracisto. Nature, ŝi plu estas. Necesas bone prizorgi mian sanon. Mi aĝas nur kvindek kvin, tio ne estas multe, ha ha! Sed mia problemo estas malfortika koro. Mi atentas mian nutron, mi malmulte manĝas kaj observas dieton sen salo. Vidu ĉi tiun salujon apud mia telero, tio ne estas normala salo, sed anstataŭaĵo de salo. Ne uzu ĝin, vi ne bezonas tion, ha ha."

Céline silentas. Inès diskrete observas ŝin. Ŝi estas granda virino kun maldika korpo kaj longaj brakoj. Laŭaspekte ŝi aĝas maksimume tridek kvin. Ŝi atente prizorgas onklon Paulon. Ĉu ŝi maltrankviliĝas pri lia sano?

Inès sentas embarason kun siaj geonkloj. Fine de la vespermanĝo ŝi diras ke ŝi estas laca, deziras bonan nokton kaj supreniras.

Reveninte en sian dormoĉambron, ŝi sentas sin pli komforta. Per mesaĝo ŝi anoncas al siaj gepatroj la eksedziĝon kaj reedziĝon de onklo Paulo.

Poste, ŝi ekkonscias ke ŝi malsatas, ĉar ŝi malmulte manĝis dum la vespermanĝo. Ŝi eliras el sia dormoĉambro por serĉi ion por manĝeti. Kiam ŝi atingas la mezon de la ŝtuparo, ŝi aŭdas voĉojn el la salono. Ŝi hezitas. Ĉu diskrete eniri la kuirejon? Subite ŝi konscias ke ĝuste pri ŝi la geonkloj parolas.

"Pri tiu knabino, tiu Inès, tute ne eblas. Ŝi ne restu ĉi tie. Ŝi ĝenos nin. Ŝi nepre foriru."

"Trankviliĝu Céline. Ankaŭ al mi tute ne plaĉas ŝia alveno, sed mi ne povis rifuzi al mia frato gastigi ŝin. Ne tre gravas. Ĉio estos bone, vi vidos."

Silente Inès revenas en sian dormoĉambron. Ŝi sentas emon plori. Ŝi ne estas bonvena ĉi tie. Sed ŝi ne povas foriri, kien ŝi iru ? Ŝi konas neniun ĉi-lande.

Krome, ŝi ne havus sufiĉe da mono. En Kaboverdo, ŝia patro donis al ŝi leteron de sia frato. En la letero onklo Paulo konsentas gastigi sian nevinon kaj pagi ŝiajn elspezojn dum la studado en Francio. Danke al la letero ŝi ricevis vizon por eniri Francion.

Laŭ ŝia patro, onklo Paulo nature gastigos sian nevinon ĉar li multe riĉiĝis en Francio. Nu jes, onklo Paulo estas riĉa, sed malvolonte li akceptas ŝin. Céline eĉ sentas malsimpation al ŝi. Kial? Eble ĉar antaŭnelonge ili geedziĝis, tial ili forte amas unu la alian kaj pli ŝatus resti solaj.

Inès decidas esti kiel eble plej diskreta por ne ĝeni.

# La plaĝo

Inès eliras en la korton de la universitato. Ŝi ĵus finis la administraĵojn por aliĝi al la unua studjaro pri juroscienco. Ĉi-matene, ŝia onklo malavare donis al ŝi monon por pagi la aliĝon kaj la kromajn kostojn, ekzemple la sanasekuron. Krome, li donis sufiĉe por ŝiaj ĉiutagaj elspezoj dum la monato kaj promesis doni la saman sumon ĉiumonate.

"Ĝuu vian liberecon, nenio en la mondo estas pli agrabla." li emfazis. "Mi memoras, kiam mi forlasis la familion, kiom mi feliĉis esti fin-fine libera. Mi ĉiel baraktis por perlabori mian vivon kaj plu vivi ĉi tie. Ankaŭ vi certe kapablus mem elturniĝi, ha ha."

Inès sentas entuziasmon pri sia nova vivo de studentino. En la atendovico por aliĝi, ŝi konatiĝis kun junulino nomita Christine [kristin]. Ambaŭ admiras la malnovajn konstruaĵojn ĉirkaŭ la korto.

"Imagu, ekde la dekdua jarcento funkcias nia universitato." miras Inès.

"Nekredeble, tiom da tempo, tiom da studintoj." respondas Christine.

Aliaj studentoj kuniĝas al la dialogo, ĝis kiam formiĝas grupo de ĉirkaŭ dek de ili.

"Ĉu ni kune iru trinki ion? Estas mojosa kafejo proksime, piede de la turo de la Babote [babot]."

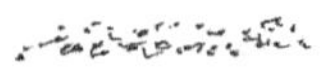

La proponon eldiris Esteban, la sola montpelierano de la grupo. Ĉiuj aliaj studentoj venas el aliaj urboj, el aliaj regionoj. Aŭ el aliaj landoj, kiel Inès.

Sidante en la kafejo, la studentoj konatiĝas inter si kaj starigas demandojn al Esteban pri la urbo.

"Ĉe ni, ekzistas busoj kompreneble, sed pli gravas la tramoj. Ni ege fieras pri ili. Kvar liniojn ni havas! Sciu, la tramoj estas ornamitaj laŭ la kvar elementoj de la antikva tempo. La unua linio temas pri aero, la tramoj estas ĉielbluaj kun blankaj figuroj de flugantaj hirundoj. La duan linion oni dediĉas al tero, la veturiloj montras grandajn plurkolorajn florojn. La linio numero tri ligiĝas al akvo, tio estas la maro proksima, la tramoj estas kovritaj de ĉiaj maraj vivaĵoj. La linio numero kvar apartenas al fajro, tiu de la suno, kiu forte brilas ĉe ni, la veturiloj estas orkoloraj kun desegnaĵoj similaj al tiuj de reĝa palaco."

"Nu, bone, sed kiu el viaj linioj iras al la maro?" demandas Maël [mael], junulo kiu venas el la ĉemara urbo Sète [set].

"La tria, tiu de akvo, kompreneble." ridegas Esteban.

"Aŭskultu min ĉiuj! La kursoj komenciĝos postmorgaŭ. Kio pri morgaŭ? Ĉu ni iru kune al la plaĝo?" proponas Maël.

La sekvan tagon, la grupo rendevuas ĉe haltejo de la linio tri. Kiam tramo alvenas, ili admiras ĝian belan dekoraĵon. Fine de la tramlinio, ili bezonas veturi per buso por atingi vastan plaĝon nomitan "Le grand travers" [le gran traver].

"Finfine! Tri kvaronhoroj por atingi plaĝon, tio estas tro longa." plendas Maël.

"Kiel multaj eksteruloj, vi kredis ke Montpeliero kuŝas ĉe la maro, sed tiel ne estas." ŝultrumas Esteban.

La sunradioj de bela septembra posttagmezo varmigas la sablon. En la blua marakvo trembrilas orkoloraj sunaj speguliĝoj. La junuloj senvestiĝas, kuras en la ondojn, krias, ridas, ĵetas akvon al la aliaj. La junulinoj senhaste surmetas siajn bankostumojn, ĵetante diskretajn rigardojn al la aliaj. Inès sentas embarason pro sia eksmoda bankostumo. Alia studentino, Loubna [lubna], ŝajnas eĉ pli ĝenita. La aliaj junulinoj iras baniĝi kun la junuloj. Inès kaj Loubna surventre kuŝiĝas sur siajn bantukojn kaj babilas. Loubna alvenis en Montpeliero antaŭ du monatoj kun la familio, tio estas ŝiaj gepatroj kaj ŝiaj du pli junaj fratoj.

"Mia nuna problemo estas ke mi tro dikas. Mi deziras maldikiĝi je almenaŭ tri kilogramoj, sed mi ne sukcesas. Hejme, la kuirado estas farita de mia patrino. Kiam mi petas ke ŝi kuiru malpli grasajn manĝojn, ŝi respondas ke mi belas kia mi estas."

"Mi havas la malan problemon. Ĉe miaj geonkloj, manĝaĵoj ne estas abundaj, ofte okazas ke post la vespermanĝo mi malsatas. Pro sia sanstato mia onklo observas severan dieton kaj mia onklino celas sveltecon."

"Ĉu via onklino estas dika?"

"Tute male, ŝi estas eĉ osteca."

"Ho! Cetere, ĉu ŝi estas simpatia?"

"Ne, malbonŝance ŝi tute ne ŝatas min."

La aliaj junulinoj revenas kaj partoprenas la babiladon.

"Miakaze, ne mia onklino sed mia duonpatrino ne ŝatas min" rakontas Christine "kaj mi mem abomenas ŝin. Imagu, mia patro edziĝis kun ino, kiu aĝas apenaŭ dek jarojn pli ol mi mem! Bonŝance mi ne vivas kun ili. Ĝis mia alveno ĉi tien, mi loĝis ĉe mia patrino."

Ankaŭ la junuloj revenas. Tiago deprenas el sia dorsosako paketojn da biskvitoj kaj terpomflokoj. Tuj la aliaj elsakigas kaj disdonas kunportitajn manĝaĵojn. Esteban kaj Tiago foriras por aĉeti freŝajn bierojn por ĉiuj.

Pigre pasas la posttagmezo. Grupetoj formiĝas, disiĝas. Multaj ree banas sin. Pluraj fumas tabakajn cigaredojn. Kelkaj laŭvice ĝuas kanabcigaredon. La suno malrapidege alproksimiĝas al la maro.

"Mi ŝatus esplori la plaĝon tien." diras Maël montrante la maldekstran direkton. "Ĉu vi venos?" li proponas al Inès.

Inès kaj Maël kune paŝas ĉe la akvorando. La sunvarmo karesas iliajn dorsojn. Iliaj longaj ombroj etendiĝas sur la malseka sablo. Irante Inès rigardas la ombron de Maël, liajn harojn iomete hirtajn. Ŝi ĵetas rigardon flanken kaj ekkonscias ke li estas rigardanta ŝin. Ili flankalflanke plu antaŭeniras, parolante pri malseriozaj aferoj. Je ĉiu paŝo ŝia plando malpeze enprofundiĝas en la freŝan molan sablon.

Dum la revena veturado, la grupo silentas. Pro la horoj en suna kaj venta etoso kaj la naĝado en ondoj, la gejunuloj sentas sin lacaj kaj iomete dormemaj.

En la buso Maël kaj Inès sidas unu apud la alia. Same en la tramo.

# En la kelo

De tri tagoj Inès loĝas ĉe sia onklo. Dum la tago, ŝi ĉeestas kursojn aŭ studas en la universitata biblioteko. Krom juron, ŝi lernas la francajn ĉiutagajn kutimojn. Geamikoj ofte salutas unu la alian per pluraj reciprokaj survangaj kisoj. Ĉiumatene, kiam Inès interŝanĝas survangajn kisojn kun Maël, ŝiaj korbatoj rapidiĝas.

La grupo de studentoj kune tagmanĝas en la universitata manĝejo. La grupo varias, ĉar fojfoje kelkaj ne ĉeestas kaj ofte novaj homoj kuniĝas. Inès kaj Maël ĉiam partoprenas kaj okupas apudajn sidlokojn. Iam Tiago ŝerce provis ŝovi sian seĝon inter la iliajn kaj tuj retroiris kvazaŭ kulpe, tiam bonhumore ridis ĉiuj tablanoj.

Ĉiun vesperon, Inès revenas al sia onklo. La unuan fojon, ŝi proponis al Céline helpon por prepari la vespermanĝon. Céline rapide respondis "Ne, dankon" sen rigardi ŝin.

Dum la vespermanĝo, onklo Paulo senpaŭze parolas kaj ridas. Li tre fieras pri la kontentiga funkciado de siaj butikoj. Ofte li priskribas sian manovron por plialtigi sian profiton. Lastan semajnon, li akiris "kontraŭ preskaŭ neniom" grandan kvanton de malbonkvalitaj varoj. Li decidis kvinobligi la prezon. Li ordonis la varojn enpaki en brilajn plurkolorajn skatolojn kaj instali sur bretaron nepretervideblan ĵus antaŭ la kaso. "La klientoj estas azenoj, facilas trompi ilin, ha ha." Aŭskultante Inès sentas embarason. Onklo

Paulo ŝajne faras nenion kontraŭleĝan, sed...

Hodiaŭ, kiam Inès eniras la manĝoĉambron, ŝi vidas nur du telerojn.

"Paulo tre malfrue revenos pro sia laboro. Ni vespermanĝos duope."

Sen onklo Paulo la konversacio lamas. Céline faras kelkajn deman-dojn pri la studado, sed ŝi ŝajnas ne atenti la respondojn.

"Nur pro ĝentileco ŝi alparolas min." Inès pensas, "Ankaŭ mi estu ĝentila kaj serĉu temon por kunparoli."

Inès rimarkas sur la tablo ujon, kiu similas la salujon de onklo Paulo.

"Ĉu ankaŭ vi uzas anstataŭaĵon de salo?"

"Ne. Tio estas aspartamo, anstataŭaĵo de sukero. La dolĉa gusto sen la kalorioj. Por ne dikiĝi."

"Aspartamo... Tio memorigas min... Céline, antaŭ kelkaj monatoj mi spektis retan filmeton, kiu asertis ke aspartamo fakte estas... veneno mortiga."

Céline subite paliĝas. Inès estas surprizita kaj ĝenita, ŝi ne antaŭvidis tian efikon, ĉar ŝi parolis ŝerce.

"Ho, kompreneble la esprimo troigas la danĝeron! La filmeto nur klarigis ke la risko pri kancero iomete pligrandiĝas se oni ĉiutage glutas multe da aspartamo. Ekzemple se oni trinkas nur ŝaŭmtrinkaĵojn dolĉigitajn per aspartamo, kaj neniajn aliajn trinkaĵojn kiel akvon aŭ teon aŭ fruktosukon aŭ..." Por kaŝi sian ĝenon, Inès rapide parolas kaj eĉ balbutas. Céline ne respondas, stariĝas kaj iras kuirejen. Kiam ŝi revenas, ŝia vizaĝo aspektas kiel kutime.

Post la vespermanĝo, Céline sidiĝas en la salonon kaj ekspektas filmserion per sia platkomputilo. Inès hezitas. Ŝi ankoraŭ malsatas. Tio oftas, ĉar la manĝoj estas malabundaj kaj ŝi havas fortan manĝemon. En tiuj okazoj, ŝi petas sian onklon pri io kroma kaj li konsentas ridante "Memkompreneble, je via aĝo oni devas manĝi, ha ha." Sed Inès sentas tro da malakceptemo en Céline por peti ŝin. Nek por mem depreni manĝaĵon el la kuirejo, ĉar Céline povus aŭdi.

Inès pensas pri la kelo. Eble tie estas stoko da nutraĵoj. La pordo de la kelo staras sub la ŝtuparo, ekster la vido de Céline. Inès senbrue malfermas kaj malsupreniras. Ŝi tremetas pro la malvarmo. La kelo tre vastas, ĝi okupas la tutan spacon sub la domo. Ĝi preskaŭ malplenas. Kelkaj difektitaj mebloj, aro da kartonoj. Dika tavolo da polvo kovras la betonan plankon. Spuroj videblas de la ŝtuparo ĝis angulo de la kelo. Kio troviĝas tie? Malnova ligna meblo kun bretaroj, kie kuŝas kelkaj boteloj da vino. Apude, kofroforma frostujo. Ĝi estas la ununura nova aĵo en la kelo kaj ĝiaj metalaj partoj brilas en la duonlumo. Ĉu ĝi enhavas glaciaĵojn? Inès levas la kovrilon...

Elreviĝo! Neniu frandinda dolĉaĵo, sed aro da... ŝinkoj. Ŝinkoj grandaj, krudaj, rozkoloraj kaj blankaj, kompletaj kun femurosto en la mezo. Ĉiu el ili pezas proksimume dek kilogramojn. Estas pluraj. Inès kliniĝas por nombri. Unu, du... Ok. Kial diable Paulo kaj Céline aĉetis ok frostigitajn ŝinkojn? Ili manĝas malmulte da viando, ĉu ŝinko sufiĉus por semajnoj da iliaj vespermanĝoj! Ĉu por vendi en la butikoj? Ne, komercistoj ne miksas vendotajn varojn kun porhejmaj aĉetaĵoj. Plej probable la geonkloj partoprenos grandan feston, kie ĉiu partoprenanto devos kunporti ion por dividi, kaj ili estas taskitaj alporti porkaĵon. Ĉu ankaŭ ŝi estos invitita al la festo?

Inès revenas en sian ĉambron. Dum la tagmanĝo ŝi ricevis paneton, kiun ŝi metis en sian dorsosakon. Ĝi nun estas iom seka kaj ne tre bongustas. Manĝinte ĝin ŝi ne plu malsatas.

Inès memoras la sintenon de Céline dum la vespermanĝo. Estas strange. Kiel kuracisto, Céline certe legas artikolojn pri sano-sciencaj esploroj, do ŝi jam konas ĉion pri eblaj danĝeroj de aspar-tamo. Kial ŝi ektimis? Ĉu pro la vorto "veneno"?

Inès ŝultrumas. Ne gravas la sentoj de tiu virino, kiu ne amas ŝin kaj kiun ŝi mem reciproke ne amas. Ŝi havas pli gravan por fari, tio estas studi la hodiaŭajn lecionojn. La kurso de la unua jaro de juroscienco estas ege interesa. Komence ŝi antaŭtimis ke la nivelo estos tro alta por ŝi, sed ŝi konstatis ke ŝi kapablas ĉion kompreni. Tamen, por sekvi la ritmon de la kurso, necesas multege lerni kaj legi. Iam docento dum sia kurso atentigis ke ĉiujare granda elcento de la studentoj malsukcesas la unuan studjaron pro nesufiĉa dili-gento. "Vi nepre dediĉu minimume ok horojn tage al la studado." Neniu studento aŭdacis demandi "Ĉu sepfoje semajne, eĉ dum la semajnfino?"

Inès nepre devas sukcesi en sia studado. Ŝi volas resti ĉi tie. Ŝi absolute malvolas reveni al Kaboverdo! Kompreneble ŝi amas siajn gepatrojn, sed ŝi nun ĝuas plenan liberecon, kiun ŝi ne volas perdi. Kiam ŝi sentas sin sola en fremda lando, ŝi ne cedu al hejm-sopiro. Ŝia estonto estas en Montpeliero! Domaĝe, ke onklo Paulo ne amas ŝin. Siaflanke Inès pretas plenkore ami lin, kaj ŝi ankoraŭ esperas ke lia sinteno ŝanĝiĝos pli poste.

Ĉiusemajne, ŝi telefonas al siaj gepatroj. Ŝi ne malkaŝis al ili ke onklo Paulo malvolonte gastigas ŝin. Ŝi ĉiam ripetas ke ĉio glatas kaj ŝi tre feliĉas.

# Io ĝenas min

La grupo de studentoj ĉesas labori ĉar la universitata biblioteko fermiĝas je la oka vespere. Ĉiuj foriras hejmen por vespermanĝi. La lastaj Inès kaj Maël fermas siajn dorsosakojn kaj stariĝas. Maël turnas sin al Inès kaj ridetas.

"Ĉu iri ien manĝi ion?"

"Ĉu vi volas diri, ni ambaŭ?"

"Nu, jes, vi kaj mi, do, ni du." ridas Maël.

"Ho jes, tio ege plaĉus al mi! Necesas nur ke mi informu miajn geonklojn."

"Vi mesaĝos dum la irado. Ĉu vi ŝatas picojn?"

Ekstere ili plu babilas kaj paŝas flankalflanke. Ĉar la stratoj de la malnova urbocentro mallarĝas, ili estas devigataj paŝi tre proksimaj. Iliaj brakoj hazarde flugtuŝas. Pli kaj pli ofte. Iliaj manoj kuniĝas, plu tenas sin. Inès malmulte koncentriĝas pri la dialogo ĉar ŝi pensas nur pri la sento de sia mano en tiu de Maël.

Ili mendas picojn kaj vinon de Chianti [kianti]. Ĉu eblas manĝi picojn kaj plu manteni unu la alian? Malfacilas! Provante ili ridegas. Manĝinte ĉiu pagas la duonon de la kosto. Kiam ili eliras el la picejo, Maël metas sian brakon sur la ŝultrojn de Inès. Post momento, ŝi

gasoline

metas sian brakon ĉirkaŭ lian talion. Komence ŝia mano malpeze kuŝas sur lia kokso, poste ĝi ŝoviĝas en la malantaŭan poŝon de lia ĝinzo. Inès kaj Maël kungluite antaŭeniras. Ili provas samtaktigi siajn paŝojn, kio malfacilas, ĉar la kruroj de Maël pli longas. Cetere, pro la trinkita vino ili iomete ŝanceliĝas. Ambaŭ ridas.

Ili pasas sub pompa arkaĵo kaj alvenas al longa placego kun arbovicoj ambaŭflanke. Funde de la placego, apud seslatera monumento, Inès kaj Maël kubutapogas sin sur mureto por ĝui admirindan videjon de la urbo. Ĉiu ravite rigardas malpli la rozkolorajn tegmentojn ol la okulojn de la alia.

Ilia unua surbuŝa kiso havas guston de frambo.

"Ĉu vi venos tranokti ĉe mi?"

"Ho, be... Maël, ne... Mi ne povas..."

"Kial? Pri viaj geonkloj, tutsimplas, sufiĉas informi ilin."

"Ne tio estas la problemo..."

Sub ili, la tegmentoj iĝas orkoloraj pro la vespera lumo. La bruoj de la urbo kreas malfortan zumadon.

"Ĉu mi plaĉas al vi? Inès, mi petas, diru jes aŭ ne."

"Jes ja."

"Bonege! Do kial... Ho! Eble vi estas virga kaj volas resti tiel."

"Ne, ne, tute ne, en Kaboverdo mi jam..."

Inès silentas. Ŝi rigardas for. La radioj de la subiranta suno blindigas ŝin.

Maël ĉirkaŭbrakas Inès, kiu kaŝas sian vizaĝon ĉe lian bruston. Li murmuras per la kanteta tono kiun oni kutimas uzi por konsoli infaneton.

"Vi spertis aĉajn travivojn, ĉu ne? Fiulo malbone traktis vin. Trankviliĝu. Ni kune tranoktos nur kiam vi mem petos. Mi pretas atendi tiom, kiom necesos."

Inès nervoze ridas.

"Ne, ne pri tio temas... Kio embarasas min estas... Sciu, ege jukas en... Be... Tie malsupre, vi komprenas."

Maël senpezigite ridegas.

"Tute ne gravas! Tio estas seksa infekto. Tian mi jam havis. Ĝi estas facile kuracebla."

"Sed... Mi konas neniun kuraciston. Krome, kuracado povas esti multekosta kaj mi havas malmulte da mono. Mi ne aŭdacus peti mian onklon pri tia afero..."

"Inès, Inès! Bonvenon en Francion." refoje ridas Maël. "Ĉi-lande studentoj senbare ricevas kuracadon. Kiam oni aliĝas al la universitato, oni pagas sankostojn por la tuta jaro. Ĉu vi ne ricevis karton de sanasekuro?"

Inès serĉas inter la diversaj dokumentoj ricevitaj. Jen karto, kie videblas ke danke al sia onklo ŝi ĝuas sanasekuron ĝis la jarfino.

Maël elpoŝigas sian telefonon. Li vidigas la retejon de la universitata kuracejo de Montpeliero. Ili kune difinas rendevuon por Inès. Poste Maël iras kun Inès ĝis la domo de ŝia onklo. Antaŭ ol disiĝi, ili arde kisas surbuŝe.

Pluraj tagoj pasas ĝis la dato de la rendevuo. Ĉiumatene, Inès kaj Maël renkontiĝas, estas kune la tutan tempon ĝis la vespero, kiam ili disiĝas por iri hejmen.

Kiam finfine la dato alvenas, Inès iras al sia rendevuo. Pro tio ŝi malĉeestas matenan kurson, sed Maël montros al ŝi siajn notojn kaj klarigos ĉion lernendan. Inès sidas en la atendejo. La ĉambro plenplenas de studentoj, kiuj fingrofrapetas sian telefonon por malenui. Malkomfortas la metalaj seĝoj. Longas la atendo. Pli ol unu horo post la fiksita horo, oni vokas la nomon Lopes kaj ŝi eniras etan konsultejon.

La kuracistino estas ĝentila sed hastema. Ekrigardo sufiĉas.

"Via likanta blanka fluidaĵo estas signo de fungozo. Fungozo estas kaŭzata de fungoj. Ĝi tre oftas. Mi donos al vi preskribon. Ĉu vi havas koramikon? Ĉu li havas la saman problemon? Ha, vi ankoraŭ ne kune seksumis. Nu, prokrastu dum unu semajno, poste vi senriske povos. Pri tio, kiun kontraŭkoncipilon vi uzas? Ĉu nenion? Ve! Tuttage al ĉiuj mi gurdas la samon: se vi havas seksan vivon, nepras kontraŭkoncipilo."

Inès dankas la kuracistinon kaj ensakigas la preskribon. En la universita kuracejo la studentoj ne devas pagi por renkonti kuraciston. Ŝi eliras kaj tuj serĉas apotekon. Ene estas malmulte da klientoj. Montrinte la preskribon, ŝi ricevas fungomortigan kuracilon kaj kontraŭkoncipan pilolon.

"Tiaj kuraciloj estas senpagaj por la klientoj kiuj ĝuas sanasekuron. Tamen, ĉu vi dezirus ion plian?" proponas la apotekisto, montrante allogajn bretojn plenplenaj de belŝmiraĵoj kaj vitaminoj.

Inès eliras la apotekon kaj ridetas al la ĉielo supre. Ŝi sentas malpeziĝon en siaj ŝultroj. Post unu semajno ŝia problemo estos for! Tiam kun Maël ŝi povos amori... Eble komenciĝos bela amo... Al ŝi subite la suno ŝajnas pli ora, la aero pli pura, la urbo pli harmonia. Ŝiaj kruroj vigle paŝas al tramhaltejo por atingi la universitaton. Post nelonge alvenas blua tramo, kie flugas blankaj birdoj. Paradiza estas la vivo de studentino en Montpeliero!

# Eventplena semajnfino

"Saluton al ĉiuj, mi nomiĝas Thomas [toma], mi estas estrarano de la studenta asocio de nia universitato. Komence de ĉiu studenta jaro, ni organizas mojosan eventon, nomitan "integriĝa semajnfino", por ke ĉiuj novaj kaj malnovaj studentoj konatiĝu. Ĝi okazos ie ekster Montpeliero, la loko estas sekreta ĝis la komenco de la evento. Ni kune iros tien per busa unuhora veturado. Tie okazos multege da ludoj kaj amuzaj aferoj. Sciu, vi ne dormos, ĉar dum la tuta nokto ni festos! La prezo inkluzivas ĉion – transporton, loĝadon, manĝojn, agadojn – kaj la drinkaĵoj estas donitaj de firmao produktanta alkoholaĵojn. Ĉiuj nepre venu."

Tiun vesperon, Inès parolas al onklo Paulo pri la integriĝa semajnfino. Li senhezite aprobas kaj tuj donas monon por aliĝi. Céline ridetas. Certe ĉar ŝi kontentas liberiĝi dum du tagoj de la ĝena ĉeesto de Inès.

Kiam Inès foriras sabaton frumatenon, onklo Paulo iras kun ŝi al la enirpordo. Ĉe la sojlo li varme brakumas ŝin kaj bondeziras "Kara, estu feliĉa kaj ĝuu la vivon." Inès iom surpriziĝas pro tiu malofta kaj neatendita elmontro, sed tuj poste ŝi pensas nur pri la nova aventuro de la semajnfino.

La du tagoj sagece pasas.

Dimanĉe vespere, estas tempo reveni urben. Enbusiĝante, la

studentoj plenvoĉe kantas kaj petolas. Dum la longa veturado, ili iom post iom silentiĝas. Nun preskaŭ ĉiuj dormas, lulitaj de la motora ronrono. Inès ne dormas. Ŝi memoras la parolojn de Thomas. Li tute pravis, la semajnfino estis malaĉa sperto. Ŝi amuziĝis kiel neniam antaŭe. Ŝia kapo kuŝas sur la ŝultro de dormanta Maël. Ŝi karesas lian genuon ĝinzokovritan, delikate por ne veki lin. Baldaŭ ili povos seksumi. Mardon, laŭ ŝia kalkulo.

Tre malfruas, preskaŭ noktomezas, kiam la busoj atingas la universitaton. La studentoj disiĝas kun oscedoj, brakumoj kaj kisoj. Inès sola hejmeniras. Surstrate ŝi aŭdas nur siajn paŝojn en la nigra silento. Alveninte antaŭ la domo, ŝi rimarkas ke ankoraŭ lumas en la salona fenestro. Ŝiaj geonkloj atendas ŝin. Pri ŝi ili maltrankviliĝas. Ŝi forgesis mesaĝi pri sia malfrua reveno.

Kiam Inès malfermas la enirpordon, Céline tuj alvenas en la enirejon. Ŝi mienas malpacience, zorgite. Kvazaŭ ŝi volas malhelpi ke Inès eniru la salonon.

"Ha, jen vi, finfine."

"Mi pardonpetas pro mia malfruo, la busoj..."

"Silentu. Mi havas ion por diri al vi, ion tre gravan..."

Timo invadas la menson de Inès.

"Temas pri via onklo... Lastan sabaton, okazis... Lin trafis koratako..."

Silento, kiun Inès ne aŭdacas ĉesigi per demando.

"Mi ne povis lin savi... Li forpasis sen rekonsciiĝi..."

Céline mangestas por ke Inès sekvu ŝin kaj iras al la salono. La seĝoj estas dislokitaj apud la muroj. Meze de la ĉambro, fermita ĉerko. Ambaŭflanke, alta blanka kandelo. La tremantaj flamoj ĵetas briletojn sur la malhela lignosurfaco. Inès havas la impreson ke la aero estas pli densa, malfacile spirebla.

"La ĉerko estis alportita hodiaŭ. Paulo restos ĉi tie ĝis la entombigo. Tio okazos mardon matene."

Inès silente staras antaŭ la ĉerko. Ŝi devus esti malĝoja. Paulo estis frato de Paĉjo. Li loĝigis ŝin ĉe si, malavare donis al ŝi monon. Tamen ŝi sentas nenion.

En Kaboverdo, la kutimo malpermesas, ke mortinto restu sola en ĉambro, ĉiam ĉeestu almenaŭ unu homo por vigili kaj preĝi. Ĉu Céline petos al Inès kunresti en la salono dum la tuta nokto? Je tiu penso, Inès sentas egan dormemon. Ŝi ne kapablas deteni oscedon. Espereble Céline ne rimarkos.

"Malfruas. Ni iru enlitiĝi." diras Céline per klara kaj firma voĉo.

Surprizite, Inès turnas la kapon. La okuloj de Céline estas helaj. Do, neniu restos kun onklo Paulo tiun nokton. Kaŝante sian senpeziĝon, Inès supreniras al sia ĉambro. Ŝi tuj enlitiĝas kaj plonĝas en profundan dormon.

Dum la nokto, bezono pisi vekas ŝin. Estas la dua matene. Ŝi senbrue iras al la sametaĝa necesejo. En la koridoro, ŝi rimarkas lumlinion sub la pordo vidalvide al la sia. Tie estas la dua gastoĉambro. Ekde la alveno de Inès, tiu dormoĉambro ne estis uzita. Kiu tie loĝas ĉi-nokte? Ho, devas esti Céline, ĉar por ŝi estus tro korŝire uzi la dormoĉambron, kie ŝi kutimis kuŝi kun Paulo.

Lundon dum la tuta tago Inès sentas sin duonigita. Parto de ŝi spertas la ĉiutagan vivon en la universitato, alia parto daŭre meditas pri la morto de onklo Paulo. Matene Inès telefonas al sia patro por informi lin. Ili mallonge kunparolas. La forpason de sia onklo ŝi mencias al la amika grupo de studentoj. Maël tenere brakumas ŝin. Morgaŭ li venos al la entombigo.

Inès senĉese pensas kiel subite alvenis la morto. Terure. Ŝi bedaŭras ne revidi sian onklon antaŭ lia forpaso. Se nun eblus, ŝi dirus al li… Ŝi ne scias kion. Tutsimple "Adiaŭ". Ĉu tiu sento estas malĝojo? Eble. Ŝia patro malofte parolis pri sia pli juna frato. "Paulo malbedaŭre forlasis Kaboverdon. Neniam li revenos. Laŭ mi li ŝatas nek nian insulon nek nian familion." Alveninte, ŝi deziris plu koni onklon Paulon, ligiĝi kun li, periĝi inter li kaj la resto de la familio… Nun nenio plu eblas. Ne pro ŝi, do kial ŝi sentas sin iom kulpa?

Lundon vespere, Inès kaj Céline kune manĝas. Regas silenta etoso. Inès senatente gapas ĉirkaŭ si. Sur la telermeblo, io mankas.

"La salujo de onklo Paulo ne plu estas sur la meblo."

Céline eksaltas kaj subite paliĝas. "Jes, hieraŭ mi ĵetis ĝin rubujen." Céline paliĝis pri la anstataŭaĵo de salo same kiel ŝi jam faris pri tiu de sukero. Kial? Inès observas ŝin. Ŝiaj okuloj ne estas ruĝaj. Ŝi ne aspektas malĝoja. Tamen ŝi ŝajnis plenkore ami sian edzon. Fakte, videblas ke ŝi timas. Kion? Aŭ kiun?

Post la vespermanĝo, Inès plonĝas en la studadon. Estas devige. Cetere, la neceso plene koncentriĝi pri la lecionoj malhelpas la kirliĝadon de funebraj pensoj. Sed post la enlitiĝo, Inès ne sukcesas endormiĝi. Subite, timo invadas ŝian menson. Mono. Ŝi ne plu ricevos monon de onklo Paulo. Krome, pro malsimpatio Céline elpelos ŝin el la domo. Des pli ĉar la domo nun apartenas al Céline. Ho ve! Kion fari? Kiel ŝi povus vivteni sin?

# Granda bankuvo

La entombigo mallonge daŭras. Sur la modesta tombo neniu florkrono estas metita. Krom la tombigistoj, nur Céline, Maël kaj Inès ĉeestas. Céline ne invitis la unuan edzinon de Paulo – probable pro ĵaluzo. Nek amikojn nek konatojn de Paulo. Kial?

La triopo eliras la tombejon. Tuj Céline ĝisas kaj foriras.

Kiam Inès kaj Maël restas solaj, Inès elverŝas sian koron al Maël. Fakte ŝi ne malĝojas pri la forpaso de sia onklo, ŝi nur bedaŭras ke ili ne havis pli profundan rilaton. Ĉu ŝia sento estas malkonvena? Ĉu ŝi estas senkorulo? Maël trankviligas ŝin per kisetoj sur ŝia tempio.

Inès parolas ankaŭ pri Céline.

"Mi tute ne komprenas ŝian sintenon."

"Inès, la klarigo tutsimplas. Ŝi sentas neniun ĉagrenon. Male. La morto de ŝia edzo estas bonvena okazaĵo."

"Ĉu bonvena? Vi frenezas."

"Kial ne? Juna virino edziniĝas kun viro pli aĝa kaj riĉa. Li mortas post kelkaj monatoj. Bona afero! Ŝi heredos liajn riĉaĵojn. Eble li kontraktis vivasekuron, tiukaze ŝi ricevos grandan sumon."

"... Eble vi pravas, Maël... Ju pli mi pensas pri via ideo... Jes, plej probable ŝi neniam amis lin, nur ŝajnigis tiele. Nun ŝi ne plu bezonas hipokriti. Kia aĉulino.”

“Jes, certe. Kaj… Pri io alia mi ĵus pensis. Eble la morto de via onklo ne havas naturan kaŭzon.”

“Kompreneble ĝi havas naturan kaŭzon. Li mem plurfoje diris al mi ke lia koro malsanas.”

“Ĉar tion diris al li Céline, lia kuracisto.”

“Ĉu vi opinias ke ŝi mensogis? Kial?”

“Tio facile diveneblas. Por ke li konsentu ŝanĝi de ordinara salo al anstataŭaĵo de salo. Tiel ŝi alkutimigis lin ĉiutage surŝuti sian manĝon per sia specifa salujo. Iun tagon, Céline enigis venenon en la salujon.”

“Horore.”

“Kompreneble ŝi preferis fari tion dum via foresto. Tio estas, dum la integriĝa semajnfino.”

“Céline mortigis onklon Paulon… Neimageble… Tamen, tio klarigus ĉion…. Ŝi forĵetis la salujon… Ŝi tremas kaj paliĝas, ĉar ŝi senĉese timas ke oni malkovrus ŝian krimon…”

“Ĉiukaze, Inès, vi nepre ne plu loĝu ĉe ŝi.”

“Kial?”

“Neniel vi loĝu kun murdinto. Tro danĝere. Jam ŝi malamas vin. Ŝi povos decidi malembarasi sin je vi. Unu plia murdo, jen ĉio.”

“Ho! Sed, sed… Mi povas iri nenien.”

“Vi loĝu ĉe mi dum kelka tempo. Poste ni vidos.”

Post la kursoj, Maël kaj Inès iras al la domo de Inès por forpreni ŝiajn aĵojn. Bonŝance Céline forestas. Ili kune vespermanĝas en rapidmanĝejo. Tie Inès mesaĝas al Céline por informi pri sia foriro.

Ŝi ankaŭ sendas mesaĝon al siaj gepatroj por rakonti la entombigon. "Belega ceremonio, estis multege da ĉeestantoj, tiom da homoj amis onklon Paulon." Ŝi ne mencias sian suspekton pri murdo. Ili riskus maltrankviliĝi kaj ordoni al ŝi reveni hejmen.

"Inès, por iri al mia hejmo, ni veturos per la tramo numero unu."

"Ho, tiu estas la blua kun birdoj. Ĝi simbolas aeron, ĉu ne?"

"Ĝuste. Mia haltejo nomiĝas Cité des Arts [sitedezar], civito de artoj."

Maël kondukas Inès ĝis domo iom malnova. Li ĉiĉerone montras la tutan loĝejon. Inès taksas la lokan etoson juna kaj simpatia.

Vasta vivoĉambro, "kie eblas inviti multajn amikojn", kun pordo al ĝardeneto malantaŭ la domo.

Kuirejo plenplena de nutraĵoj. "En la friduĵo mi rajtas uzi nur la mezan breton."

Ili supreniras ŝtuparon. "Estas tri dormoĉambroj. Ni estas tri kunloĝantoj, ni ĉiuj estas studentoj."

Fine de la koridoro, eksmoda ĉarma banĉambro kun muroj tegitaj de ornamitaj kaheloj bluaj kaj blankaj. "La bankuvo estas malnova kaj grandega."

Finfine, Maël malfermas la pordon de sia dormoĉambro.

"Vidu, la ĉambro sufiĉe grandas por du."

"Ĝi estas bone aranĝita. Ĉu vi ordigas vian ĉambron ĉiumatene?"

"Be... Kutime regas pelmelo, sed ĉi-matene mi ordeme pretigis ĝin."

"Kial? Vi ne povis antaŭvidi ke mi venos loĝi ĉe vi."

"Ne, sed mi sciis ke hodiaŭ estas mardo. Vi diris al mi ke tiam vi estos resanigita. Tial mi esperis ke ĉi-vespere vi venos ĉe mi kaj ni... Nu, be... Ke ni amoros."

"Ĉu samtage kiel la entombigo de mia onklo?"

"Kial ne? Memoru, vi diris al mi ke vi ne sentas malĝojon."

"Ĉi-matene, vi ankoraŭ ne sciis tion. Kaj vi mem, memoru, antaŭ mallonge vi diris al mi: Mi pretas atendi tiom, kiom necesos."

"Ĉu mi vere diris tion? Ho, tiajn frazojn oni eldiras, sed..."

"... Sed oni ne sinceras. Klaras ke vi gastigas min kondiĉe ke ni seksumu! Se estas tiel, mi reiru al..."

"Haltu, Inès, ni ne kverelu, estus absurde. Mi cedas. Ni faros nur kion vi volas, nur se vi volas, nur kiam vi volas. Inès, karulino, mi petas vin! Vi restas, ĉu ne? Rigardu, mi liberigas multe da spaco por viaj aĵoj."

Fulmrapide, Maël tute malplenigas sian ŝrankon, ĵetante ĉion planken. Inès ne povas sin deteni ridi.

Ilia kiso longe daŭras.

"Dum vi instalas viajn aĵojn, mi iras en la banĉambron malfermi la kranon kaj pretigi por vi plaĉan banon en nia vasta komforta bankuvo."

Inès ordigas siajn vestojn en la ŝrankon, metas siajn studajn aĵojn sur la longan labortablon, enŝovas sian malplenan valizon sub la larĝan liton. Ĉirkaŭe, sur la tapetpapero, flavaj floroj staras sur verda fono iom senkoloriĝinta. Ĉi tie por ŝi nova vivo komenciĝas.

Iom poste, en la banĉambro Inès duonkuŝas en la ŝaŭma bano. Ŝia nuko ripozas sur la rando de la bankuvo kaj ŝiaj kruroj tutlonge etendiĝas. Post iom da tempo ŝia tuta korpo malstreĉiĝas en la varma akvo. Pro la vaporo la desegnaĵoj de la kaheloj iĝas malklaraj.

Subite la pordo malfermiĝas. Inès kuntiriĝas por kaŝi sian korpon sub la ŝaŭmon. Fu! Estas nur Maël.

Li genuiĝas ĉe la bankuvo kaj demandas per humila voĉo "Ĉu mi rajtas veni?" Inès ridas kaj faras bonvenigan mangeston. Maël senvestiĝas kaj enŝoviĝas en la akvon vidalvide al Inès. Nevideble sub la ŝaŭmo, iliaj kruroj intermetiĝas. En la saporiĉa akvo, tuŝo iĝas glito, glito iĝas kareso. Ili iom post iom alproksimiĝas. Brakumas. La malsekaj bukloj de Inès gutas sur la nazon de Maël. Dum kisoj, iliaj langoj sentas gusteton de sapo.

Disfluetante ili eliras la bankuvon. Ĉirkaŭ siaj du korpoj ili volvas grandegan bantukon. Per mallertaj paŝoj ili ridegante atingas la dormoĉambron kaj kune ĵetas sin sur la liton.

Ili amoras. Dufoje. "La dua fojo estis pli bona ol la unua" pensas Inès.

Poste ili restas en la lito kaj endormiĝas nudaj brakumante.

Dormiĝonte Inès pensas "Mi estas enamiĝanta".

# Perfekta krimo

La dormoĉambra pordo subite malfermiĝas. Maël kaj Inès surprizite vekiĝas. Sur la sojlo staras nudpieda junulino kun to-ĉemizo longa ĝisgenue. Ŝi rapidege parolas. Krias, fakte. En lingvo nekonata de Inès. Klaras ke ŝi forte koleras.

Maël tuj stariĝas, eliras la ĉambron kaj foriras kun la nekonatulino.

Inès restas senmova en la lito. Senkonscie ŝi remetas la litotukon por kaŝi siajn mamojn. Ŝi ne komprenis la parolojn de la junulino, tamen ĉio klaras. Maël ne diris al ŝi ke li jam havas koramikinon.

Inès ellitiĝas kaj vestiĝas. Ŝi eltiras sian valizon de sub la lito. Ŝi ne restos ĉi tie. Ĉe mensogulo, aĉa kaculo. Maël profitis ŝian naivecon por fiki, jen ĉio. Nepras foriri. Ŝi deprenas siajn vestojn el la ŝranko. Hieraŭ estas for, hieraŭ ŝi feliĉis. Larmoj nebuligas ŝian vidon dum ŝi kolektas siajn studajn aĵojn.

Maël revenas en la ĉambron. Inès plu kliniĝas super sia valizo turnante la dorson. Ŝi ne plu volas vidi lin. Ne, ŝi rifuzas dialogi. Ŝi nur volas foriri. Tuj. For.

Dum longa tempo Maël parolas, ĝis kiam Inès konsentas turniĝi al li.

La junulino nomiĝas Dagmar, ŝi estas kunluanto. Ĉi-matene, enir-ante la banĉambron, ŝi vidis la bankuvon plenplenan je malpura akvo. Ĉi-dome la reguloj klaras: ĉiu purigas la komunan banĉambron antaŭ ol forlasi ĝin. Maël tuj foriris por purigi. ... Ne, ne, tute ne! Cetere Dagmar estas senseksema. Tio signifas ke ŝi ne seksumas ĉar ŝi ne sentas deziron pri tio. Ŝi studas sociscalicon en universitato. Ŝi regas la francan, sed dum kolero ŝi parolas sian gepatran lingvon, la germanan.

Maël kaj Inès finfine repaciĝas.

La tria fojo estas eĉ pli bona ol la dua, pensas Inès.

Seksumado vigligas manĝemon. Maël kaj Inès malsupreniras por matenmanĝi. En la kuirejo junulo sidas ĉe-table super bovlo da cerealaĵoj.

"Inès, jen Côme [kom], kiu estas la tria kunloĝanto. Li studas kuracoscienton. Côme, jen Inès, kiu..."

"...Kiu estas via koramikino, mi scias, mi aŭdis vin ĉi-nokte", ridas Côme. "Vi bonŝancas, Maël. Male, mi mem estas devigata dediĉi mian tutan tempon kaj energion al miaj studoj."

Maël kaj Inès sidiĝas kaj manĝas sian matenmanĝon kun Côme. Estas agrable babili kun li, pro lia simpatia kaj gaja mieno.

"Ho, Côme, ĉar vi studas kuracoscienton, eble vi povas helpi nin."

Maël rakontas la subitan forpason de la onklo de Inès, la nesentemon de lia edzino, ilian suspekton pri veneno kaŝita en lia anstataŭaĵo de salo.

"Estas amuze" rimarkas Côme "ĉar anstataŭaĵo de salo – nome kalia klorido – mem estas veneno."

"Kio? Vi ŝercas, Côme."

"Ne eblas, mia onklo ofte manĝis la sian sen ia problemo."

"Mi surprizis vin, ĉu ne?" ridas Côme, kontenta pri la efiko de sia frazo. "Tamen mi diris nenion malveran. Mia unua kurso pri venen-scienco komenciĝis per citaĵo de Paracelso: veneno diferencas de kuracilo nur en kvanto. Kalia klorido ja estas mortiga veneno... se oni englutas ducent gramojn, sed tio estas grandega kvanto! Cetere, neniu manĝus tiom da sen tuj poste elkraĉi ĝin, ĉar ĝi amarege gustas. Por kaŝi ĝian maldolĉan guston, en la venditaj ujoj ĝi estas miksita kun spicoj kaj iomete da vera salo."

"Nu, do, praktike ĝi ne estas veneno."

"Tamen ĝi estas, Inès. Kalia klorido eĉ estas oficiale uzata en Usono por ekzekuti mortkondamnitojn. Tio estas parto de via fako, vi junaj gestudentoj pri juro." ridas Côme.

"Ĉu la ekzekutotoj estas devigataj gluti kalian kloridon? Tamen vi ĵus diris..."

"Tute ne, la ekzekutistoj injektas kalian kloridon en la fluida formo. Intravejne. Por okazigi morton, necesas injekti po sesdek mili-gramojn por ĉiu kilogramo de la homa pezo."

"Inès, ĉu vi scias kiom pezas via onklo? Mi volas diri pezis."

"Ho, mi bone scias tion. Li pesis sin ĉiumatene kaj volonte parolis pri tio dum la manĝoj. Li pezis sepdek kvin kilogramojn komo du."

"Nu, gejunuloj, simplas la kalkulo. Sufiĉis injekti kvar komo kvin gramojn. Enhaveco de ordinara injektilo. La kalia klorido senfunk-ciigis la koron. Poste, la edzino venigis kuraciston. Tiu konstatis la forpason kaj diagnozis morton pro ĉeso de la korbatado."

"Tamen, Côme, la kuracisto devus iĝi suspektema pro subita morto de homo ankoraŭ juna, ĉu ne? Cetere, kiom aĝa li estis, Inès?"

"Kvindek kvin."

"Gejunuloj, sciu ke morto pro ĉeso de la korbatado povas okazi je ajna aĝo. En la malsanulejo kie mi staĝas, mi vidis morton pro koratako ĉe junulo kiu praktikis intensan sporton sen scii ke lia koro malfortikas."

"Mia onklo suferis pro kormalsano."

"Nu, do. Informita pri tio de la edzino, la kuracisto nenion suspektis."

"Sed kio pri la spuro de la piko?"

"Ho, la spuro ne videblas krom se oni serĉas ĝin, kaj kial la kuracisto serĉus? ... Tamen, junaj gedetektivoj, io mankas en via hipotezo. Kiel la edzino sukcesis injekti la kemiaĵon? Intravejna injekto estas afero de fakulo, multe pli malfacila ol ekzemple la injektoj farataj de diabetuloj sur si mem. Krome, kion ŝi pretekstis por ke li konsentu?"

"Al viaj du demandoj estas unu simpla respondo: lia edzino estas kuracisto kaj prizorgis lian sanon."

"Haha, Maël, tiun gravan detalon vi kaŝis al mi! Kompreneble, kuracisto facilege povas mortigi sian edzon aŭ edzinon. Tial ne edziĝu kun kuracistino." ridas Côme.

"Diru al mi, Côme, se oni analizus la korpon, ĉu oni povus malkovri ke li estis venenita?"

"Probable ne, Inès. Oni trovus kalian kloridon, sed ĉar li delonge kutimis uzi ĝin oni povus ne taksi tion nenormala. Fakte, ne eblus pruvi ke okazis malbonintenca venenado."

"Ho ve." ĝemas Inès.

Côme stariĝas. Elironte la kuirejon, li ŝerce salutas levante neekzistantan ĉapelon. "Gratulon, junaj gedetektivoj, vi eltrovis perfektan krimon."

# Kunluado

"Ni tuj iru al policejo." ekkrias Maël.

"Be... Policistojn oni evitu... Al mi ne plaĉas la ideo denunci... Ĉiukaze senutilus, ĉar Côme diris ke neeblus pruvi... Ĉi-matene okazos kurso pri konstitucia juro..."

"Inès, via onklo estas murdita! Lia edzino ne sendamaĝe profitu de sia krimo! Nepras denunci ŝin! Tio pli gravas ol ajna kurso."

Finfine Maël sukcesas konvinki Inès. En la blua tramo kun blankaj birdoj, ili preterpasas la haltejon apud la universitato kaj plu veturas. Eltramiĝinte ili piediras al la Centra Policejo de Montpeliero. Ĝi estas vasta konstruaĵo griza kaj senpompa. En la enirejo, kiam Maël emfaze eldiras la vorton "murdo", ili estas senditaj al laborĉambro, sur kies pordo afiŝiĝas nomo: Sofiane Tikouk [sofjan tikuk]. La polica oficiro estas afabla, aĝas ĉirkaŭ tridek kaj surhavas ordinaran veston. Aŭdante la vorton "murdo" li nur levas unu brovon. Li aŭskultas la rakonton de la geamikoj sen perdi sian trankvilon.

"Gejunuloj, vi estas inteligentaj kaj simpatiaj, sed vi havas tro da imagpovo. Edzino kiu venenas sian edzon por ricevi heredaĵon aŭ asekuron, tio ne okazas en la realo tiel ofte kiel en la filmoj. Laŭ viaj diroj la kuracisto taksis la morton natura. Kiam morto havas naturan kialon, la mortatestilo de la kuracisto sufiĉas por permesi la entombigon, ne necesas kontrolo de la polico. Tial la montpeliera polico ludis nenian rolon en via afero kaj ne havas dosieron prie. ...Nu, tamen, mi inspektos vian aferon. Se necese, mi kontaktos vin."

Oficiro Tikouk trarigardas iliajn identigilojn. Li diligente notas nomojn, adresojn, telefonnumerojn kaj okupojn. "Vi ambaŭ studas juron en la universitato de Montpeliero. Tie mi mem studis la saman fakon" li rimarkas larĝe ridetante.

Li demandas Inès pri ŝia studenta vizo kaj ŝiaj vivrimedoj. Lia rideto malaperas.

"Via vizo malpermesas al vi dungiĝi eĉ partatempe. Via onklo, de kiu vi ricevis vivtenon, mortis. Se via onklino ne vivtenos vin, vi ne plu havos financajn rimedojn. Tiukaze, sinjorino Lopes, via vizo eksvalidiĝos kaj vi estos devigata forlasi Francion."

Inès ĵetas al li terurigitan rigardon.

"Krom se via onklo testamentis favore al vi."

Inès ree spiras.

"Sed tiukaze, vi havus motivon por mortigi lin. Vi estus tiel suspektinda kiel via onklino."

Sen paroli, Inès kaj Maël eliras la policejon. Ekde kiam ili staras ekstere, Inès koleriĝas.

"Mi ja avertis, ke ni ne venu ĉi tien. Rigardu en kia kaĉo mi staras viakulpe! Tutcerte Céline ne financos min, ŝi plezure malembarasos sin de mi. La policistoj forpelos min."

"Inès, karulino, mi petas vin, ne paniku. Mi pretas finance subteni vin. Ni elturniĝos por vivteni nin per kiom miaj gepatroj sendas al mi. Pri loĝado, nu, ni jam kune loĝas, ĉu ne?"

"Kaj kio pri Céline? La polico pridemandos. Ŝi divenos ke mi denuncis ŝin. Ŝi venĝos."

"Kion ŝi povus fari? Ĉar vi ne plu loĝas kun ŝi, malfacilus mortigi vin. Krome ŝi ne aŭdacus refoje krimi, sciante ke la polico enketas pri ŝi."

"La oficiro diris ankaŭ ke mi mem povus esti suspektata."

"Ridinde. Vi riskas nenion tiuflanke. Pro sia aĝo via onklo certe ankoraŭ ne preparis testamenton. Eĉ se li tamen testamentis, kompreneble li tiel faris favore al sia edzino."

Inès trankviliĝas en la brakoj de Maël. Eble li pravas. La resto de la tago pasas sen plia okazaĵo. Kiam vesperas, ili atendas la bluan tramon por reveni hejmen.

"Mi interŝanĝis mesaĝojn kun Côme kaj Dagmar. Mi anoncis ke vi ekloĝos kun mi. Ili respondis ke okazos kunluada kunsido hodiaŭ je la naŭa vespere. Vi vidos, ĉio iros bone."

Maël kaj Inès vespermanĝas en la kuirejo. Maël rakontas al ŝi ke antaŭ du jaroj, Dagmar, Côme kaj tria studento kreis ĉi tiun kunluadon. Lastan someron, la tria luanto foriris. Dagmar kaj Côme varbis Maël por anstataŭi lin.

Akurate je la naŭa, Dagmar kaj Côme kune alvenas en la kuirejon. Ĉe la rektangula kuireja tablo, Maël kaj Inès sidas unuflanke, Dagmar kaj Côme vidalvide al ili.

"Maël", eldiras Dagmar per senesprima vizaĝo, "mi memorigas al vi regulon de nia kunluado: estas permesite inviti eksterulon tranokti, sed nur po unu nokto semajne. Kiam vi aniĝis, vi konsentis alkonformiĝi al la reguloj. Ĉi tiu kunluado estas por tri, ne por kvar."

Maël direktas rigardon esperplenan al Côme. Tiu restas senmova kaj silenta. Inès sentas ondon de timo. Se ŝi ne rajtos loĝi ĉi tie, kio okazos al ŝi?

"Mi plene konscias ke viaj reguloj ne konsideras plian personon" argumentas Maël "sed ĉi-kaze, la situacio krizas. Temas eĉ pri vivo aŭ morto! Côme, ni sciigis al vi ke ŝia onklino estas murdinto. Se Inès plu loĝus ĉe sia onklino, ŝi falus en danĝeron de morto."

"Maël", respondas Côme kun ironia rideto, "vi fantazias imagan danĝeron. Ne probablas ke ŝia onklo estis murdita."

"Cetere", aldonas Dagmar, "tiu afero neniel rilatas al nia domo. Se Inès ne plu deziras loĝi kun sia onklino, ŝi tutsimple luprenu ĉambron ie en la urbo. Se vi ambaŭ volas kunvivi, Maël forlasu ĉi tiun domon kaj vi kune luprenu apartamenton."

"Sed mi ne havas sufiĉe da mono por fari tion." ekkrias Maël panike. Li klarigas la malbonsorton de Inès, la riskon ke ŝi estu forpelita el Francio, sian decidon subteni ŝin. Aŭdinte ĉion tion, Dagmar kaj Côme cedas kaj konsentas escepton: Inès rajtos loĝi en la dormoĉambro de Maël dum la nuna studenta jaro.

"Restas io decidenda" rimarkas Côme. "Maël, vi nun pagas trionon de la tuta lupago. Ekde la venonta monato vi devos pagi pli. Ĉar vi ambaŭ estos du luantoj el ni kvar, vi devus pagi la duonon."

Maël proksimume kalkulas en sia menso. Se li pagus la duonon, restus al li malsufiĉe por iliaj ĉiutagaj elspezoj.

"Konsentite pri la duono. Se estas tiel, vi tuj liberigu duonon de la spaco en ĉiuj komunaj lokoj, inkludante la ĝardenon kaj la kuirejon."

Kun la tempo, Dagmar kaj Côme amasis multe da aĵoj. Ili nun okupas pli ol du trionojn de la komunaj lokoj. Ili konscias pri tio.

"Nu, nu" grumblas Côme post interŝanĝo de rigardoj kun Dagmar "Ne decus ke ni profitu de la tragedio de Inès. Ni plu dividos la lupagon en tri trionoj."

# Malaperoj

"Inès, mi deziras paroli kun vi."

Inès maltrankvile sekvas Dagmar en ŝian ĉambron. Kio okazas ĉi-matene? Ĉu ŝi senscie malobeis unu el la ĉi-tieaj reguloj? Ĉu ŝi lasis harojn en la lavkuvo brosante sian hararon?

Dagmar scivole faras multajn demandojn al Inès. Pri ŝiaj rilatoj kun ŝiaj gepatroj kaj kun ŝia onklo, pri ŝia profesia ambicio... Inès subiĝeme respondas. Dagmar ne plu montras severan mienon, ŝi ridetas preskaŭ bonkore. Ŝajnas ke ŝi ŝatas min, Inès konstatas iomete surprizita.

"Inès, estas tempo ke vi iĝu plenkreskulo. Ĝis nun vi estis subtenata de aliuloj: unue viaj gepatroj, poste via onklo, nun Maël. Atentu, Inès. Vi iĝis dependanta de Maël. Virino ne dependu de viro."

Inès silentas ĉar ŝi ne scias kion diri.

"Ĉu vi ricevas bonajn rezultojn en viaj studoj?"

"Jes, bonegajn." respondas Inès, surprizita pro la subita ŝanĝo de la temo.

"Perfekte. Se vi sukcesas la finjaran ekzamenon, vi povos ricevi ŝtatan stipendion por la venonta studjaro. Tiel vi iĝos finance sendependa. Informiĝu en via universitato. Ĉu mi helpu vin prepari la petodosieron?”

Inès silente kapjesas.

“Amikino de mi – fakte, ŝi mortis antaŭ mia naskiĝo – nomiĝis Virginia Woolf [verĝinja ŭulf]. Ŝi asertis ke virino bezonas propran ĉambron por esti sola kaj koncentriĝi. Komence de januaro, kadre de la eŭropa projekto Erasmus+, mi iros studi dum ses monatoj en la universitato de Peruĝo en Italio. Mi konservos mian ĉi-tiean dormoĉambron. Dum mia foresto, vi rajtos uzi ĝin. Vi repagos min poste, kiom kaj kiam eblos. Kiam mi revenos kaj denove okupos la ĉambron, ni vidos.”

Post la dialogo kun Dagmar, Inès sentas perplekson. Tiom da novaj informoj por ensorbi... Por la nuntempo ŝi ne ripetos al Maël kion diris Dagmar.

Pluraj tagoj pasas. En la granda domo la vivo pacas kaj plaĉas. Inès kaj Maël preskaŭ ĉiam kunestas. Ili helpas unu la alian pri la stu-dado. La sekvontan dimanĉon, vespermanĝante, Maël demandas al Inès:

“Ĉu io nova pri Céline?”

“Ne, ŝi ne respondis al mia mesaĝo pri mia foriro.”

“Ĉu notario anoncis heredaĵon?”

“Ne, domaĝe.”

“Ĉu novaĵoj de Sofiane Tikouk, la policisto?”

“Ne, bonŝance.”

“Mi malkonsentas, tio bedaŭrindas! Li povus sendi al ni novaĵojn.”

"Sed li povus sendi ordonon de eliro el Francio! Mi timegas tion."

"Bip." la telefono de Inès interrompas. Mesaĝo de ŝia patro: "Pluraj parencoj sendis kondolencajn leterojn al Sinjorino Céline Lopes sed ne ricevis respondon. Ĉu la leteroj bonorde alvenis?" Inès montras la mesaĝon al Maël.

"Mi tute ne scias ĉu la leteroj alvenis. Miaj gepatroj kredas ke mi plu vivas en la domo de mia onklo kun mia onklino."

"Ĉu vi ne informis ilin ke vi vivas kun mi?"

"Ne. Ili estas tradiciemaj. Mi ne aŭdacas."

"Tio malplaĉas al mi. Ŝajnas ke vi hontas pri mi."

"Kaj vi mem? Kion diris viaj gepatroj, eksciinte ke vi vivas kun nigrulino, senrajta eksterlandano, suspektita pri murdo, finance vivtenata de ilia mono?"

"Be... Mi diris nenion al ili. Ankoraŭ ne. Kiam la afero pri la murdo estos solvita, mi klarigos al ili, mi certas ke ili komprenos. Ĉio iras bone, vi vidos."

Post la vespermanĝo, Inès kaj Maël iras viziti la domon de onklo Paulo. La strato kvietas kaj silentas, kiel dum la nokto, kiam Inès revenis el la integriĝa semajnfino. Tiun nokton tragedio atendis ŝin. Kio pri ĉi tiu nokto? En la onkla domo, ĉu ili malkovros plian tragedion?

Neniu ŝanĝo en la aspekto de la domo ekde la foriro de Inès. Neniu lumo en la fenestroj. La ŝutroj ne estas fermitaj, kvankam jam noktas. Inès malfermas la enirpordon per sia ŝlosilo. La leterkesto plenplenas de leteroj. Inès deprenas kvar kovertojn kun nigra rando senditajn el Kaboverdo. Ambaŭ rapide trairas la teretaĝon. Neniu spuro de freŝdata loĝado. Ie kaj tie polvo amasiĝas. En la fridujo restas nur tri sengrasaj jogurtoj kun baldaŭa limdato.

"Céline forlasis la domon, eble eĉ tuj post la entombigo."

"Ŝi forfuĝis! Ŝia malapero pruvas ŝian kulpon."

"Ne, Maël, tio pruvas nenion. Eble ŝi ne volis resti sola ĉi tie kaj gastas ĉe amikoj."

"Povas esti. Nu, ni vidis ĉion. Ni foriru."

"Ne, ni ankaŭ inspektu ĉu la ŝinkoj restas."

"Kiuj ŝinkoj?"

Inès rakontas kion ŝi vidis en la kelo. Ambaŭ malsupreniras kaj malfermas la frostujon. Ĝi malplenas.

"Malaperis ankaŭ viaj ŝinkoj! Du malaperoj! Ĉu kunaj?"

"Stultaĵo. Céline ne kunportus surŝultre sepdek aŭ okdek kilogramojn da frostigita viando. Estas ja mistere."

"Ĉu ŝtelisto?"

"Tutcerte ne. Estas neniu spuro de serurrompo. Nenio mankas, nek televidilo nek valoraj aĵoj."

"Tamen ni informu la policon."

"Ne, Maël! Mi tute malvolas revidi tiun kruelan policiston."

Reveninte hejmen, Inès sendas al siaj gepatroj: "La leteroj ja alvenis. Céline deprimiĝas pro sia profunda doloro. Ŝi respondos kiam ŝi pli bone fartos."

La sekvantan matenon, kiam ili atendas la tramon al la universitato, la telefono de Inès sonoras.

"Halo! Ĉu Inès Lopes? Ĉi tie policoficiro Tikouk. Ĉu via amiko Maël Villeneuve [vilnev] estas kun vi? Bonege. Bonvolu ambaŭ veni al mia laborĉambro. Tuj, se eblas. Dankon, mi atendas vin."

Inès ripetas al Maël. Ŝi ektimas. "La polico certe instalis gvatkameraojn en la domo de mia onklo. Ili konstatis ke ni eniris hieraŭ vespere. Ni nepre ne iru! La oficiro akuzus nin pri domŝtelo kaj malliberigus nin."

"Inès, ne timu senkiale. Kompreneble vi rajtas eniri la domon de via onklo. Tie ni faris nenion kontraŭleĝan, do ni havas nenion por timi. Ni nepre iru. La oficiro certe eksciis ion novan."

Insistante, Maël sukcesas konvinki Inès. Kiel ofte okazas...

# Ĉerko malkara

Kiam Maël kaj Inès eniras la laborĉambron, Sofiane Tikouk alparolas ilin per tono seka kaj preciza. "Antaŭ ĉio alia, mi deziras scii pri via leĝa stato, sinjorino Inès Lopes. Kiuj nun estas viaj vivrimedoj?"

Maël tuj respondas anstataŭ Inès: "Mi financas ŝiajn elspezojn per la mono, kiun miaj gepatroj ĝiras al mi ĉiumonate. Ni ankoraŭ ne prizorgis la paperaĉojn, sed mi faris mian decidon, kio plej gravas, ĉu ne?"

"Hm, ne prokrastu. La paperaĉoj, kiel vi diris, fakte gravas. La administrantaro kontrolos ĉu la ricevita sumo sufiĉas por kovri viajn elspezojn."

Inès ekparolas: "Mi petos stipendion. Se mi sukcesos la jarfinan ekzamenon, mi havos bonan ŝancon ricevi ĝin por la venonta jaro. Tiel mi havos proprajn vivrimedojn."

Maël ege surpriziĝas. Inès neniam parolis al li pri tiu projekto.

"Nu, sinjorino Inès Lopes, jen bonega iniciato. Sed ĝi postulas ke vi estu altnivela studento."

"Tiel estas, sinjoro Tikouk. Ni ambaŭ kontentige sukcesas en la studado."

"Perfekte." Sur la vizaĝo de Sofiane Tikouk aperas rideto. "Pri via afero, nu, gejunuloj, mi ŝuldas al vi pardonpeton, ŝajnas ke vi pravis: estas ia trompo pri la forpaso de Paulo Lopes."

Inès kaj Maël senpacience aŭskultas.

"La forpaso estis deklarita al la urbodomo fare de la vidvino Céline Lopes. Tiucele ŝi donis mortatestilon subskribitan de kuracisto. Jen ĝi."

La du geamantoj kliniĝas super la montrita dokumento. En la linio pri kialo de la forpaso legeblas "korinfarkto", en tiu pri tipo de la forpaso "natura". La subskribo estas nelegebla, sur ĝi videblas inka stampaĵo "Doktoro Louvier" [luvje].

"Ĉu vi konas la naskiĝnomon de via onklino?"

"Ne. Ĉu Louvier?"

"Ĝuste! Ni kontrolis, antaŭ edziniĝo ŝi nomiĝis Céline Louvier kaj ŝi konservis tiun nomon en sia kuracista okupo. Do ŝi mem agnoskis la forpason de sia edzo."

"Tutnormalas, ĉar ŝi estis lia kuracisto."

"Jes, sed ekzistas alia dubinda fakto. Ĉu vi aŭdis pri Tuj-Funebr?"

Inès kaj Maël levas la brovojn pro la stranga vorto.

"La firmao Tuj-Funebr organizas la plej malmultekostajn entombi-gojn. Ĉio okazas kiel eble plej rapide kaj ciferece. La kliento mendas kaj pagas per la telefona programeto Tuj-Funebr. La saman tagon, la firmao liveras la ĉerkon. La kliento rete deklaras la forpason al la urbodomo, ricevas la permesilon entombigi kaj difinas rendevuon kun la enteriga fako de la tombejo. La planitan tagon Tuj-Funebr forprenas la ĉerkon kaj veturigas ĝin al la tombejo."

"Ĉu mia onklino uzis la servojn de tiu firmao?"

"Jes. Mi telefonis al Tuj-Funebr. Via onklino mendis minimumajn servojn. Plej malmultekostan ĉerkon por tricent kvardek naŭ eŭroj. Por ŝpari monon, ŝi mem preparis la korpon, lokis ĝin en la ĉerkon kaj ŝraŭbfermis. Ŝi invitis neniun kaj organizis nenian funebran ceremonion. Sciu ke la loko, kie via onklo estis enterigita, senpagas ĉar ĝi situas en tereno kie oni kutimas enterigi senhejmulojn."

"Hontinde! Videble ŝi sentis pri li neniun respekton."

"Nek amon."

"Kion mi taksas plej suspektinda", rimarkigas Tikouk, "estas la fakto ke neniu, krom la edzino, povis vidi la korpon post la morto. Nek vi mem nek la unua edzino, kiu cetere ne ĉeestis la entombigon. Ŝi loĝas en vilaĝo norde de la urbo. Mi petis ke la tieaj kolegoj kontaktu ŝin kaj mi atendas ilian raporton."

"Mi tiam opiniis ke Céline ne invitis ŝin pro ĵaluzo."

"Tamen Céline Lopes devis almenaŭ informi ŝin. Nu, mi nun pritraktos la plej gravan aspekton de ĉi tiu afero, kiel en multaj krimaj problemoj. Tio estas nek amo nek ĵaluzo, sed mono. Vi diris al mi ke Paulo Lopes estis riĉa."

"Ho jes, ege riĉa. Mia onklo fieris ĉar li posedis sian domon kaj plurajn magazenojn."

"Nu, mi havas novaĵon por vi. Fakte lia entrepreno estas en kriza stato kaj kolapsonta. Li falsis ĝian librotenadon por ŝajnigi financan sanon. Surbaze de la maskita kontado de sia entrepreno kaj de la valoro de sia persona domo, li lastatempe prunteprenis de banko enorman sumon por projekto de kreota butikcentro. Li ankoraŭ ne komencis repagi."

"Sed li neniam repagos."

"Evidente. La pruntasekuro eble faros tion anstataŭ li, almenaŭ parte, sed pro la trompo necesos longa kaj kompleksa procezo. Ĝis kiam la banko ricevos la repagon, ĝi posedas kaj la entreprenon kaj la domon."

"Ho ve! La bela domo estas perdita." Inès ĝemas.

"Ĉu li komencis sian projekton per la enorma sumo kiun vi menciis?" demandas Maël.

"La sumo malaperis" respondas Sofiane Tikouk. "Ĉiuj liaj banko-kontoj estas malplenaj."

"Céline forŝtelis la sumon."

"Ne. Mi kontrolis. La persono kiu elĝiris la monon el liaj kontoj vere estis Paulo Lopes. Cetere, la ĝiroj okazis antaŭ lia morto. La antaŭan tagon. La mono estis ĝirita al eksterlanda konto, je lia nomo, en Dubajo. De tiu konto ĝi estis elĝirita sed ne eblas scii de kiu nek kien."

"Céline murdis lin kaj sukcese manovris por forpreni lian monon."

"Tio estas nur unu el multaj hipotezoj" respondas Sofiane Tikouk. "Mi alvokis ŝin al pridemando, sed ŝi ne venis. Vi loĝas kun ŝi, ĉu ne?"

"Be, ne... Mi loĝas... Ni loĝas...."

"Ambaŭ kune, mi komprenas" mallonge ridas Sofiane Tikouk. "Ĉu vi tempaltempe revenas ĉe via onklino? Kiam vi plej laste vidis ŝin?"

"Mi ne revidis ŝin ekde la entombigo, sed mi scias ke ŝi ne plu loĝas hejme." Inès malmultvorte rakontas sian viziton.

Sofiane Tikouk tuj reagas. Kuntirante la brovojn, li fingrofrapetas sian telefonon: "Mi iniciatas policon serĉadon pri Céline Lopes alinome Louvier." Poste li relevas la kapon kaj iom severe aldonas: "Pri vi, sinjorino Inès Lopes, ne forlasu la urbon kaj revenu ĉi tien morgaŭ matene."

Tiun vesperon, post amorado kun Maël, Inès ne sukcesas endormiĝi. La policisto denove alvokis ŝin. Certe li plu suspektas ŝin. Se la gepatroj de Maël eksciius ke ŝi eble estas murdinto... Kiam ili ekscios, ĉar nepre iam ili ekscios tion... Tiam komprenebly ili mallaŭdos ŝin kaj malpermesos ke Maël plu subtenu ŝin. Kio okazos al ŝi?

TaM *
LPi

# Nenio por fari

La sekvantan matenon, Sofiane Tikouk ĝentile bonvenigas la du geamikojn.

"Mi ricevis novaĵojn pri Céline Lopes. En ŝia pasporto la nomo estas Louvier. La tagon post la entombigo, iu nomita Céline Louvier ŝipe forlasis Montpelieron kaj elŝipiĝis en Katalunio. Poste ŝi malaperis."

"Ŝi forfuĝis! Vi devas serĉi kaj aresti ŝin."

"Ne, Maël" respondas Sofiane Tikouk. "En Francio plenkreskulo rajtas malaperi laŭplaĉe. Mi ne povas senkiale fari arestordonon."

"Sed pro sia fuĝo ŝi iĝas la ĉefa suspektato en la murdo."

"Se Paulo Lopes estis murdita, kio ne estas pruvita. Ĝuste por tion fari mi bezonas vian helpon, Inès." Sofiane afable ridetas.

"Mia helpo? Sed mi havas nenian polican kapablon." surpriziĝas Inès.

"Mi ne konsentas. Vi estas akre observema, kiel montriĝis dum la okazaĵoj pri la salujo kaj la sukerujo. Kompreneble tio pensigis min pri drogo. Hieraŭ mi sendis homojn por traserĉi la domon de via onklo. En la unua etaĝo, en la dua maldekstra ĉambro, sur meblo restis salujo preskaŭ malplena."

"Kial iu metis salujon en dormoĉambron?" sin demandas Inès.

"Tiu salujo portis etikedon de anstataŭaĵo de salo."

"Jen la krimrimedo!" kriegas Maël.

"Kompreneble, ni analizis la enhavon."

"Kaj do?"

"Ĝi estis ja anstataŭaĵo de salo."

"Ho…" vespiras Maël.

"Tiu ĉambro estas la dua gastoĉambro." informas Inès. "Tie mi vidis lumon dum la nokto post mia reveno de la integriĝa semajnfino, probable Céline estis en la ĉambro. Pri la salujo, Céline diris al mi ke ŝi forĵetis ĝin. Tio estis mensogo. Ŝi alportis ĝin en la gastoĉambron. Kial do?"

Sofiane Tikouk deprenas folion el dosiero kaj montras ĝin. "Ĉi tio estas permesilo de elterigo. Paulo Lopes estos postmorte ekzamenita por serĉi spurojn de nenatura forpaso. Mi bezonas parencon por ĉeesti kaj identigi lin."

Inès rigardas Maël.

"Mi akompanos vin ĉar tio estos malagrabla momento." diras Maël.

"Ho, dankon."

"Dankon al vi ambaŭ. La rendevuo estas hodiaŭ je la kvara posttagmeze. Mi atendos vin apud la enirejo de la tombejo."

Dum la tago, Maël ne sukcesas koncentriĝi pri la kursoj. La unuan fojon li vidos kadavron. Ankaŭ Inès ne aŭskultas la profesorojn. Ŝi sentas antaŭtimon. Ŝi ne havas elekton, ŝi estas devigata iri por ke la enketo finiĝu. Nepras ke la polico senkulpigu ŝin. Se la afero malklaras, se restas dubo, se ŝi plu estas suspektata, la gepatroj de Maël malfavoros ŝin. Finfine povos eĉ okazi ke Maël ĉesos ami ŝin...

Por atingi la tombejon, ili veturas per la tramlinio numero du. La linio du simbolas teron, memorigas Maël. La tero kie kuŝas onklo Paulo, pensas Inès. La veturilon kovras grandaj multkoloraj floroj, montras Maël. Lia tombo estas senflora, pensas Inès.

Antaŭ la kradpordo de la tombejo, du homoj atendas ilin ĝuante la posttagmezajn sunradiojn. Unu estas Sofiane Tikouk. La alia estas kvindekjarulo kun bonhumora vizaĝo kaj barbeto sur la mentonopinto. Li manportas dikan ledotekon.

"Doktoro, jen Inès Lopes, nevino de la ekzamenoto, kaj ŝia koramiko. Gejunuloj, jen doktoro Borg, jurmedicinisto. Mi petis ke la forpasinto estu eltombigita kaj portita en ĉambron por la postmorta ekzameno. Sekvu min."

La kvaropo trairas la vastan tombejon. Tomboj kuŝas en longegaj vicoj. Kelkaj familiaj konstruaĵoj elstaras kaj montras skulptitan fronton. En ekstremaĵo de la tombejo ne plu estas tomboj sed arba areo. Ene Sofiane paŝas al malrimarkinda konstruaĵo. En malplena ĉambro, sur grandega tablo, kuŝas ĉerko.

"Nia hodiaŭa celo estas ekzameni la korpon de Paulo Lopes por serĉi spurojn de perforta morto, ĉu frapo, ĉu falo, ĉu pafo, ĉu veneno. Antaŭ ol esplori, necesas identigi la korpon, tio estas administra deviga etapo. Por tiu tasko mi invitis vin, Inès. Ne timu, mi petos de vi nur unu rigardon, poste vi rajtos foriri."

"Mi ne certas ĉu mi kapablos..."

"Ho, post nur kelkaj tagoj, probable li estas rekonebla." gajeme asertas doktoro Borg.

"Doktoro Borg konfirmos vian identigon, ĉu per fingro–premaĵoj, ĉu per dentaro. Jen la dosiero de Paulo Lopes."

"Ne tro kalkulu je la fingropremaĵoj, Tikouk, la fingropintoj probable jam ŝrumpis. Pri la dentoj, nu, mi vidu la dosieron… Hm… Tute sana dentaro, sen kronaĵo, neniu karakterizo. Via kliento povus esti malfacila problemo." ridas doktoro Borg. "Ba, se necese, ni poste konfirmos la parencecon per komparo de la DNA de la korpo kun tiu de sinjorino Inès Lopes."

"En ordo. Ek al laboro! Mi vidas ke la kovrilo estis duone malŝraŭbita kaj oni lasis al ni la ŝraŭbilon." Sofiane ĉirkaŭiras la ĉerkon kaj finas la elŝraŭbon. "Doktoro, helpu min, ni levu la kovrilon kaj metu ĝin sur la tablon apud la ĉerkon."

Post forigo de la kovrilo, kvar kapoj kliniĝas super la ĉerkon. Ok okuloj pligrandiĝas kaj kvar buŝoj ekkrias:

"Kio estas tio????"

La ĉerko enhavas miksaĵon de ruĝeta karno kaj grizaj ostoj, kiu abomeninde fetoras. Maël kaj Inès malantaŭenpaŝas pro naŭzo. Male la du viroj plikliniĝas por bone observi.

"Mi ne scias kio diable estas tie, doktoro. Tutcerte ne vira korpo."

"Prave, Tikouk. Estas pluraj apartaj pecoj."

"Ili ege similas. Cetere mi konstatas ke ĉiuj ostoj estas identaj."

"Hm. Devas esti pecoj el bestoviando."

"La malhela roza koloro pensigas min pri porkaĵo."

Post atenta ekzameno, ambaŭ konkludas ke la ĉerko enhavas implikon de multaj ŝinkoj duone putritaj.

"Ha ha, via kliento sin forpafis." ridegas la doktoro. "Nu, bonege! Mia laboro pli simpliĝas. Neniuj fingroj nek dentoj ekzamenendaj, neniu vundo nek veneno serĉenda. Restas al mi nenio por fari."

Plu ridante, doktoro Borg permane ĝisas kaj eliras la ĉambron per trankvila paŝado. Sofiane Tikouk ŝultrumas. "Ankaŭ al ni restas nenio por fari ĉi tie. Venu." Li reiras al la enirejo de la tombejo. Inès kaj Maël silente postiras lin.

# Policistoj

Ekster la tombejo, Sofiane turnas sin al la du geamantoj.

"Kion vi bezonas estas glaso da io forta por reruĝigi viajn vangojn kaj forpeli la naŭzon. Mi invitas vin." Sofiane gvidas ilin al agrabla placo.

Sidante sur teraso de kafejo, banante en la varmetaj sunradioj de la posttagmeza fino, trinketante drinkaĵon, Inès kaj Maël fartas pli kaj pli bone. Dume Sofiane koncentriĝas sur sia telefono kaj vigle fingrofrapetas.

Post iom da tempo li surtabligas sian telefonon, malstreĉe sidas, manprenas sian glason kaj ridetas al la gejunuloj.

"Nu, kiel vi sentas?"

"Bone, dankon" respondas Inès. "Pri tiuj aĉaj ŝinkoj, mi havas ion por diri al vi." Ŝi rakontas sian malkovron de la ŝinkoj en la kelo kaj ilia posta neĉeesto kiam ŝi laste vizitis la domon de sia onklo.

"La ŝinkoj utilis dum entombigo por ke la ĉerko pezu kvazaŭ ĝi enhavus homan korpon." divenas Maël.

"Kaj degelinte la ŝinkoj odoris kiel kadavro..." grimacas Inès.

"La ŝinkoj ne tre gravas." Sofiane skuas la kapon. "Ni parolu pri via afero. Ĝi tute klaras. Paulo Lopes organizis sian fuĝon maskante ĝin kvazaŭ morto. Li kaj lia edzino ĉion artifikis. Paulo mem ĝiris eksterlanden la prunteprenitan sumegon. Li fuĝis eksterlanden. Li taskis sian edzinon ŝajnigi lian forpason kaj entombigon. Post la komedio ŝi forlasis la landon. Lia forpaso utilis por malaperigi lian ŝuldon al la banko. Nun ambaŭ kune ĝuas la riĉaĵon ie en la mondo."

"Tio klarigas multajn detalojn kiujn ni ne komprenis." penseme eldiras Inès. "Céline malvolis ke mi loĝu ĉe ili ĉar ŝi timis ke mi malkovrus iliajn ruzaĵojn."

"Ŝi montris neniun malĝojon ĉar ŝi sciis ke ŝia edzo estas vivanta." konstatas Maël.

"Ŝi ofte paliĝis kaj ĉiam ŝajnis timi ion, ĉar ŝi vere timis ke ilia manovro ial malsukcesus."

"Supozeble ŝi estas timema kaj malpli trompema. Paulo puŝis ŝin en la fian aventuron."

"Kiam mi vidis lumon en la dua gastoĉambro," memoras Inès "tio estis onklo Paulo kiu kaŝiĝis. Li tien kunportis sian salujon ĉar li manĝis en la ĉambro. Forlasante la domon li lasis ĝin ĉar ĝi preskaŭ malplenis."

"Cetere, nek la anstataŭaĵo de salo nek la anstataŭaĵo de sukero havis ian signifon."

"Jes ja. Fakte ne okazis venenigo."

"Tute prave" ridas Sofiane. "La murdon kiun vi denuncis al mi ne ekzistis." Ĉiuj ridegas.

Sofiane pli serioziĝas kaj alprenas profesoran mienon.

"Kaj do, junaj studentoj pri juro, kion vi konkludas pri la stato de la afero?"

Tuj Maël ekkrias "Ne plu ekzistas afero! Kiel vi diris ĉi-matene, en Francio plenkreskulo rajtas malaperi laŭplaĉe. Tio validas por Paulo Lopes kiel por lia edzino."

Post momenta pripensado Inès rebatas "Tute ne! Fari falsitan mortatestilon, trompi la bankon kaj la asekurkompanion, okazigi malveran entombigon, ĉio ĉi estas kontraŭleĝa kaj punenda."

Sofiane kapjesas. "Inès donis la ĝustan respondon. Sidiĝinte en ĉi tiun kafejon, mi petis helpon de Interpol, la interŝtata organizo de krimo-polico, por tutmonda serĉado de la du kulpuloj."

Sofiane mangestas por voki la kelneron. "Baldaŭ estos la horo de aperitivo. En la suda parto de Francio, aperitivo estas neevitebla tradicio. Tiam oni plejofte trinkas pastison, kiu estas trinkaĵo el anizo. Kiel novaj anoj de Montpeliero, vi alkutimiĝu. Mi mendos tri pastisojn."

"Volonte." respondas Maël. "Antaŭ ol veni ĉi tien, mi vivis en Sète. Ankaŭ tie pastiso estas trinkata. Tamen inter studentoj ni kutimas trinki bieron."

La kelnero alvenas portante pleton, kie staras tri malplenaj glasoj, karafo da akvo kaj botelo da pastiso, travidebla helflava fluidaĵo. Li surtabligas la glasojn kaj la karafon. Nur glasfundon de pastiso li verŝas en ĉiun glason kaj tuj foriras kunportante la botelon. Inès miras pri lia avareco. Ankaŭ surprizas ŝin la fakto ke nek Sofiane nek Maël protestas.

"Ĉu vi neniam trinkis pastison, Inès?" demandas Sofiane. "Rigardu, mi faros la pastisan magion." Li prenas la karafon kaj verŝas en ĉiun glason tiom da akvo por plenigi ĝin. La du travideblaj fluidaĵoj miksiĝas sed ho! La miksaĵo tuj malklariĝas kaj iĝas laktoblanka! Sofiane kaj Maël ridas pro la surprizo de Inès.

La triopo trinketas sian pastison. Ĝi bongustas, pensas Inès. Ŝi komforte sidas en sia apogseĝo kaj lasas sian rigardon vagi al la sunigita placo. Sur la terasoj de la kafejoj, homoj pigre sidas, babilas, ŝercas, tostas, mangeste salutas konatojn. Paŝantoj malrapidas sur la paŝejoj, ĝurigardas la montrofenestrojn. Certe en Montpeliero, kiel ĉie en la mondo, homoj havas problemojn kaj afliktojn, sed tiumomente en la vesperaj sunradioj ĉiuj aspektas senzorgaj.

Ankaŭ ŝi nun povas esti senzorga. Ŝi havas nenion por timi. Ŝi ne plu suspektindas pri la murdo. Ŝi rajtas resti en Francio kaj baldaŭ iĝos finance sendependa. Multas kialoj por feliĉi, bela amo kun Maël, interesega studfako, ĝojplena studenta vivo sub la varma suno de Okcitanio.

Ŝi decidas ĉi-vespere malkaŝi al siaj gepatroj la tutan veron pri onklo Paulo. Ili estos ŝokitaj, domaĝe por ili. Ŝi ne plu volas vivi en mensogo. Ankaŭ pri Maël ŝi diros ĉion. Ŝiaj gepatroj devos toleri ke ŝi vivas laŭ sia propra elekto.

Maël malbonhumore rigardas la tablon, apogante sian mentonon sur mano. "Mi tiom revis pri detektiva aventuro! Ĉio fiaskis. Ni sekvis misan supozon. Stulte. Kion ni diros al la geamikoj? Ni estos ridindaj, tute ridindaj." Li piedfrapetas piedon de la tablo.

"Mi ne konsentas" asertas Sofiane. "Via rolo grave utilis en la afero. Danke al via suspekto la polico atentis kaj finfine solvis la mis- teron. Cetere, en pluraj okazoj vi montris rimarkindan sinregadon kaj emon observi kaj dedukti."

Ricevi komplimenton de policisto estas malofta okazaĵo. Maël ridetas kaj rektiĝas en sia seĝo.

"Vi ambaŭ montris detektivan emon kaj studas juron. Ni bezonas gejunulojn kiel vin. Post diplomiĝo, ĉu vi ŝatus iĝi policistoj?"